KB017666

서미숙 캘리에세이

펴낸날 2020년 12월 10일

지은이 서미숙
펴낸이 주계수 ｜ **편집책임** 이슬기 ｜ **꾸민이** 이슬기

펴낸곳 밥북 ｜ **출판등록** 제 2014-000085 호
주소 서울시 마포구 양화로 59 화승리버스텔 303호
전화 02-6925-0370 ｜ **팩스** 02-6925-0380
홈페이지 www.bobbook.co.kr ｜ **이메일** bobbook@hanmail.net

© 서미숙, 2020.
ISBN 979-11-5858-736-9 (03810)

※ 이 도서의 국립중앙도서관 출판시도서목록(CIP)은 e-CIP 홈페이지(http://www.nl.go.kr/
cip)에서 이용하실 수 있습니다. (CIP 2020050410)

※ 이 책은 저작권법에 따라 보호받는 저작물이므로 무단전재와 복제를 금합니다.

엄마는 무슨 꽃 좋아해?

머리글

엄마는 무슨 꽃 좋아해? 하고 문자 꽃을 본 적이 없다고 하십니다.
"나한테는 느그들이 꽃이제….."

모르고 지나갈 수도 있는 우리 엄마들의 속 이야기, 사랑과 헌신을 꺼내 만져
보고 한 시대가 넘어가며 소멸될 수도 있는 사건, 사물, 단어들을 만나봅니다.

세상을 움직이는 건 '마음'이라는 것을 우리 부모님들의 이야기를 통해 전합
니다.

캘리에세이는 캘리그라피와 에세이의 합성어로, 에세이를 바탕에 두고 글과 그림, 글씨를 조화롭게 배치합니다.

〈엄마꽃〉에서는 여러 꽃의 특성과 꽃말을 빌려 여자의 삶을 표현했습니다. 여자의 일생(92세의 할머니의 삶)을 꽃 시와 내레이션, 독백의 형식으로 이야기하고 자유롭고 감성적인 캘리그라피와 그림을 오브제로 넣어 글의 의미를 되새겼습니다.

갑작스러운 코비드-19의 위기 속에서 우리는 가정과 학교에서, 직장에서 거리를 두고 단절되어 갑니다. 예기치 못한 상황에 부닥쳐 당황하고 있습니다. 이럴 때일수록 모든 것을 포용하는 엄마의 마음이 필요하지 않을까요? 따뜻한 눈과 마음으로 서로 보듬고 격려하는 우리가 되었으면 하며 출판과 함께 한 편의 드라마와 같은 연출의 전시회, 두 형태를 함께 진행합니다.

'시간여행', '물의 노래'에 이어 세 번째 작품 '엄마꽃'을 한 아름 여러분께 선사합니다.

서 미 숙

아버지와 엄마, 그리고 육 남매는 한 ㄷ
들거려 나무가 기울기도 했고 곁가지
도 했지만 늘 각자의 자리에서 필요한
나갔다.

태어나자마자 뒤틀린 옹이나무에서 ㅇ
랑말랑하게 세상을 살아야 했던 엄마
열매를 맺을 수 있었다. 그렇기에, 엄ㅁ

그러나, 우리는 알면서도 잘 모른다. ㅇ
혹이 자랐고 그 혹이야말로 세상에서 ㅈ
키우기 위해, 지키기 위해, 우리는 모두

바람이 불어 나뭇가지가 흔들리고 우ㄹ
이 되고 있었다.

가진, 한 그루의 나무였다. 뿌리가 흔

서로의 빛을 향해 제멋대로 자라기

분을 섭취하며 나무의 나이테를 키워

틔운 우리는 딱딱한 것들 속에서 말

따뜻한 그늘이 있었기에 꽃을 피우고

우리에게 흙이고 물이고 볕이었다.

지가 키운 단단한 옹이 속에서 거대한

크고 단 열매였다는 것을. 그 열매를

은 바람이 되었다는 것을.

씨앗을 흩날리게 되었다. 비로소 숲

Scene No.1 신발 속 자갈 같은 시간들이 하나둘 떨어져 내렸다

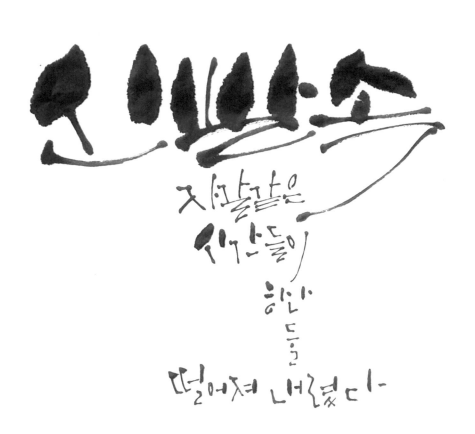

꽃비

저 눈같은
이 이 꽃들이

한잎
두잎

떨어져 내렸다.

엄마는 유난히 꽃을 좋아하셨다.
화단 위에 가지런히 키운 예쁘고 탐스러운 꽃들도 좋아하셨지만
후미진 골목 위, 아무렇게 피어난 이름 모를 꽃들과
돌담 작은 틈새로 비집고 올라온 잡초들을 유난히 좋아하셨다.
당신의 궁핍하고 퍽퍽했던 삶과 닮았기 때문일까?
엄마는 들풀 같은 생을 사셨다.

무슨 꽃을 좋아하냐고 묻자
꽃이 뭐냐고 꽃이 어떻게 생겼냐고 되묻는다.
깊은 주름 사이로 짐작할 수 없는 구름들이 모양을 바꾸며 지나가고,
증기기관차의 희뿌연 기적 소리가 한숨이 되어 흩어지고 있었다.

손바닥만 한 작은 밭 속, 자갈 같은 시간들이 하나둘 떨어져 내렸다.

- 꼭 봉숭아 물들인 것 맹키로
- 참말로 이쁘드라고

긍께 방귀 꽤나 뀌고 살았제. 아부지가 읍내에서 대서소를 허시고 할아버지가 면장도 하셨응께. 머슴도 대여섯은 있었을 것이여. 허구한 날, 잔칫집마냥 북적였응께. 밤만 되믄 더 했그마.

온 동네 사람들이 모여서 훌쩍거리다가 화도 냈다가 무릎을 치고 웃었싼디 참말로 가관이 아니었제. 동네 어른들은 버드나무처럼 마루에서 마당까지 길게 목을 빼고 테레비를 보고 우리들은 문간방에서 독잡기를 함서 노래를 부르고 놀았그마. 마을에서 테레비 있는 집은 우리 집이 유일했응께. 그러다 연속극이 끝나믄 깨진 바가지 물 빠지듯이 동네 엄니들이 애기들을 싹 데리고 가불믄 그제서야 우리 집도 세상 조용했제.

그 시절 대부분 그랬지만 우리 엄니 아부지도 애기들을 많이도 낳았당께. 우리 행제 간이 아홉인디 나는 그중에서 둘째고, 아래로는 동생들이 일곱이여. 두셋만 더 낳았으믄 연필 한 타스도 채울 뻔했제. 허구한 날, 동생들이 옷이고 신발을 바꿔 입고 나가서 참 많 이도 싸웠그마. 땡깡질도 하고 투정을 부렸어도 참말로 그때가 재미졌제.

아침이 되믄 마을의 전부산 위가 붉그스름한디 꼭 봉숭아 물들인 것 맹키로 참말로 이 쁘드라고. 엄니한테 지청구를 듣등가 말등가 눈꼽도 안 띠고 화단에 가서 느그들 언제 산 에 가서 물들였냐고 노닥거리다 혼구녕이 나곤 했제. 그랴도 그때가 참 좋았제. 봉숭아, 백일홍, 채송화…, 이름만 불러도 포근한 것들이 발에 채여서 꽃향기가 온 마을을 뒤덮었 응께.

빛이 쨍쨍 드리오면   흙담이 꽃으로 목걸이를 하더니
한 꽃이 지면   옆에 꽃이 피고
그 꽃이   지면 또 옆에 꽃이 피면서

채송화

마당가에로 살금살금 번죽한 잎사귀가 키를 늘리더니

네가 제일 먼저 모였기로

채송화

뱃이 째앵쨍 드러오믄
흙담이 온갖 꽃으로 목걸이를 하드마
한 꽃이 지믄 옆에 꽃이 피고
그 꽃이 지믄 또 옆에 꽃이 피믄서

글다가 오후가 되믄
바닥에 딱 붙은 안즌뱅이 꽃
선 채로 자울자울하는 거여

잠을 마니 자믄 키가 큰다고 혀서
키가 후딱 클랑가 시퍼
논둑길에서 무쳐온 흙을 씻고
신을 옆에 세워 뒀제

마당 가세로 살금살금,
뾰족한 잎사귀가 숨은 키를 늘리드마
나가 커가는 거 맹키로

우리 동네서는 또래 중에 나만 핵교를 댕겼는
디 산 밑으로 기차가 지나가믄 도라지꽃이 그려
진 책보를 미고 논둑길을 걷고 굴다리를 지나 읍
내 학교를 댕겼그마. 한 학급이 한 칠팔십 명은
됐을 것이여. 교실이 오일장 선 시장통 맹키로
그야말로 바글바글했응께. 선생님도 급우들도
일본인 반, 한국인 반이었제.

학교 담장에 능소화가 피믄 학교가 파해도 당최 집에
갈 생각은 잊어뿔고 숨바꼭질을 하다가 꽃 뒤로 숨어들어
한참을 놀았그마. 오래 숨어 있다 보믄 나가 주황빛으로
물이 들어서 나가 꽃인지 꽃이 나인지, 아그들이 도무지
찾질 못하드라고. 그렇게 해가 질 때까정 꽃씨도 받고 팔
방도 하고 빼비도 뽑아 묵고 신나게 놀았는디, 일본 애기
들은 멀쑥하게 빼입고는 요조숙녀 맹키로 고급진 서양 옷
에 흙 묻는다고 뺀질뺀질 대곤 했제.

그란디, 한 번은 나가 갸들 코를 납작하게 눌러 부렀제. 여수 중핵교서 공부 쪼매 한다는 애기들 다섯을 뽑아 간다는디 나가 산수를 잘해가꼬 뽑혀 부렀응께. 고것들 배가 아파 주글라 글드라고. 암시롱, 잘난 체했던 것들이 무색했을 것이여. 가네들과 함께 생활함서 가다까나, 히라까나, 일본말을 쫌 배운 탓에 요새는 노인정 가믄 할매들한테 두 나라 말을 헐 줄 안다고 가끔 유세도 떨고 그라제, 허허.

능소화

길이 열리는 것이었제
백을 타고 올라가믄,

바람을 만지작거렸제
하늘도 길이 되드라고

나팔 모양을 하고
나풀나풀 노래를 불러댔그마

담배락이든 고목 위든
타고 올라가서 땅바닥을 내려다보믄

굳은 것들에게도 생기가 돌곤 했제
죽은 나무도 다시 돌아와 함께,

서럽게 노래를 불러댔그마

그렇게 한 시절이 지나믄서 동생들도 돌보고 나물도 캐러 다니다 봉께로 열아홉 처녀가 되어부렀제. 근디 옆 동네 아저씨가 자꾸 우리 집에 드나들더만 엄니 아부지 옆에서 쿵덕쿵덕 뭔 이야길 자꾸 하드라고. 모른 척하고 가만히 들어보니께 부자도 그런 부자가 없다고 그 집 땅을 안 밟으믄 동네를 못 들어간다고, 그 집으로 나를 시집보내라고 살살 꼬드기는 거여. 그 집 아들래미가 순천고등학교를 다니고 있다더마. 그 시절엔 고등학교를 댕기는 머스마들이 몇 없었응께 마을서는 인텔리 축에 속했제.

아부지는 뭐가 급혔는지 맘에 딱 들었는지 혼인 약속을 해불드라고. 지금 생각하믄 먼 그런 일이 다 있당가 싶제. 신랑 얼굴 한 번 보지도 못하고 번갯불에 콩 볶듯이 일사천리로 식을 올렸응께.

그때는 구식 결혼이라 마당에다 멍석을 깔
아 놓고 친척들이랑 동네 사람들 모닥모닥 불
러다가 풍악을 울리고 크게 잔치를 하고 식을
올렸그마. 청사초롱을 밝히고 가마를 타고 왔
는디 인연은 참말로 인연인갑서, 인물도 훤하
고 눈빛도 맑은 게 근본은 있어 보여서 참말
로 믿음성 있게 보이드라고.

동백꽃

절을 하믄서 살째기 올려다봉께
맘에는 들드마
혼삿날 얼굴을 첨 봤는디
한겨울 눈 속에 핀 꽃 맹키로
아따, 참말로 훤하드라고

꽃가지로 엉덩이를 때리믄
아들을 난다드마
참말로 챙피스럽게
이부자리에 붉은 꽃이

흐드러지게 피었드랑께

눈을 하면서

상사

한 마디씩 들려다 놓여다 봉네

동네 삼촌들한티 그 양반 발바닥 꽤나 맞았그
마, 이쁜 간내 데려간다고. 그때는 식을 올리고
나믄, 동네 남자들이 모여서 신랑 발을 천장에 매
달아 놓고 죽는다고 난리를 칠 때까정 빨래 방맹
이로 발바닥을 때렸제. 색시가 노래를 불러야 그
만 헌다 혀서 챙피한지도 모르고 지금은 기억도
안 나는 노랠 눈 질끈 감고 불렀그마.

　　안 그랴도 여르와 죽겄는디 밤이 깊어진께 이
자는 동네 아짐들이 집에는 안 가고, 부나방 맹키
로 방문에 찰싹 붙어가꼬 손가락에 침을 무치고
문에 구멍을 내서는 빼꼼히 들여다보는 거여. 오
메, 챙피시러서 첫날밤은 한숨도 못 잤그마. 그
랴도 그런 것이 다 정이제. 요새는 그런 것을 구
경할라고 해도 못 하니께.

두 마을 부잣집 혼사라 세상에 소리를 가진
것들은 죄다 풍악을 울려서 한동안 옆 마을까
지 떠들썩 했그마. 그렇게 시집을 가서 양장을
입고 레이스 달린 양산도 쓰고 동서랑 둘이서
시아버지 뒤를 백구 맹키로 졸졸 따라댕김서
폼 꽤나 잡고 댕겼네.

참말로 그때가 호사였제.
암 참말로 호사였당께.

Scene No.2 속병이 난 것이 아닌께 낫것지 낫것지 하고 살았그마

속병이 난 놈이야 난제

넘기지

낚엮지 하고 살았고마

엄마의 꽃 시절은 아주 잠깐이었다.
그렇게 좋아하던 꽃들을 봐도 향기를 맡을 수 없었고
가지가 잘려나가거나 꽃이 피어 바람에
나부끼는 꽃들 속에서 저 홀로 허릴 구부리고 있는 꽃을 보면
그 자리에 주저앉아 울고만 싶었을 것이다.

아버지가 와병으로 누워 있을 때도 돌아오는 새해는 일어나겠지,
벌떡 일어나겠지, 새벽마다 울음으로 비셨지만 아버지는 오래도록 일어나지 못하셨다.
두 눈만 끔뻑대며 제 한 몸 뒤척이지도 못하는 아버지의 심정은 오죽했을까?
천형도 이런 천형이 있을까?

엄마도 아버지도 서로의 마음을 알기에 쉽게 죽지도 못하고
고된 시절을 양면의 백동전처럼 함께 했다.
아버지는 꼽추가 되어갔다.
하늘을 향해 바로 눕지 못하고 죄지은 사람처럼
옆으로 새우잠을 자야만 하는 우리 아버지는
꼽추가 되었다.

- 떨어지라고 떨어지라고
- 나쁜 맴도 먹었그마

사람 팔자가 뒤웅박 팔자여, '호사다마'라 했등가. 하나님도 열 가지를 다 주진 않드라고. 그렇게 배운 것도 많고 인물도 훤허고 맘씨도 비단 같은디 참말로 복도 없는 양반이제. 전쟁 통에 학생인 신랑한티 입대 영장이 나왔는디 신검을 받으러 가다 글씨 사고를 당했당께. 집에 와서는 성했던 다리가 고목 맹키로 뻣뻣해지고 힘이 없다 글고 자꾸만 한기가 든다고 사지를 벌벌 떨드마.

행여 별일이야 있을랑가 그라고는 시아부지하고 한약방을 데리고 댕겼는디, 요상도 허지 그렇게 약을 쓰고 침도 맞고 먹을 거, 못 먹을 거 오만 것들 다 맥여 봐도 도무지 차도가 없는 거여. 그러니께 슬슬 겁은 나고 조바심에 침이 바싹바싹 말라 가드라고. 그렇게 차도가 없응께 시아부지가 수술이라도 하자 글드마. 글씨 그것이 화근이 될라고 고만 척추를 건드려서 하반신 마비가 와부렀제. 오메, 시상에 그때는 하늘이 무너진 것 같고 눈앞이 깜깜해서 암것도 보이지 않드마. 그라서 그때부터 평생을 꼽추 맹키로 불구가 되어 부렀제.

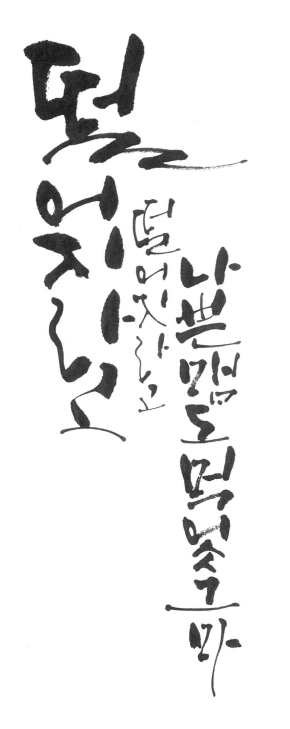

떨어졌다

떨어지다

나쁜 마음도 먹어봤구마

시아부지는 어떻게든 살려보려고 아예 집에다 면에서 젤로 신통하다는 한의사를 들여놓고 약을 썼는디 그렇게 애를 써도 팔자가 어떻게 안 되드라고. 본인 맴은 오죽했긋어. 미치고 환장허고 심장이 벌떡벌떡 매일같이 울화통이 터졌겄제.

그렇게 귀한 신랑은 남들 하는 말로 병신이 되어부렀제. 그때 신랑 나이가 고작 스물하나여, 스물하나. 아직 얼굴에 분도 안 말랐는디 일평생 어찌게 살긋냐고 남자 구실도 못할 판이라고 동네 사람들이 죄다 쑥덕거렸그마. 아따, 그런 말 마소, 신랑이 돌아간 것도 아닌디 먼 그런 흉헌 소리를 허냐고, 내 앞에서 그런 말은 입짝도 끄내지 말라고, 나사 죽어도 이 집 구신이 될 거라고 했그마.

솔직허니 말혀서 나라고 왜 무섭고 눈물이 흐르지 않았거써. 동구 밖에 나가 소매로 훔친 눈물만 모아도 독을 다 채웠을 거여. 그랴도 그렇게 뻐팅기며 산 것이 여즉이네. 그때는 그런 맘 저런 맘도 안 들고 첫째 애기 얼굴 한 번 보고 돌아누운 신랑 얼굴 한 번 보고 다잡았제. 어데라도 도망가려던 맴 생기면 다잡았제. 나가 생각혀도 나는 참말 독한 년이여. 그 시절을 어찌케 견뎠는지 참말로 대견하그마.

작약

태생이 풀인디 나무 노릇을 하라시니
어쩔 것이여 어쩔 것이여,
근심 걱정이 노랗게 차올라도
살아야제, 이 악물고 부둥켜안고

신랑이 나수 괜찮아진가 싶응게 큰집서 분가를 시켜주드마. 아픈 신랑과 어린 첫째 딸 손을 잡고 분가를 했는디 참말로 뭔 말을 혀야 그 심정 말로 다 하겄어. 아침이면 동청에서 소 울음 소리가 나고 아재들은 다들 지게며 달구지를 끌고 논으로 밭으로 나가는디 나가 집안을 소 맹키로 이끌어 가야제 생각헝께 참말로 눈앞이 깜깜하고 걱정시럽드마. 친정서도 머슴이랑 식모들이 온갖 일을 했제 나가 농사일을 해봤간디, 머 할 줄 아는 게 있어야제.

그랴도 공부하다가 청천벽력으로 불구가 된 신랑은 천장만 보고 있고 애기는 암것도 모르고 뛰어댕겨싼디 그때부터 팔을 걷어붙였그마. 그때 내 나이가 스물 초반이여, 지금 그 나이믄 나가서 놀기 바쁜 나이제. 그때 뱃속에 애기가 있었는디 신랑이 아플 때 애기를 나믄 흉허다고 혀서 새복마다 배를 찬다 문지르고 떨어지라고 떨어지라고 나쁜 맴도 많이 먹었그마.

쥐똥나무

뿌리가 딴딴히 엉키갔고
아무리 뽑아낼라고 혀도
삐뚤삐뚤 끝까정 자라드마

새복마다 정안수 올려놓고
시린 장독대에 배를 문질렀는디

오메, 내 새끼
나를 꽉 잡고 안 놓드라고

사람 힘으로 끊을 수 없는 것이
연줄인갑서, 운명인갑서

으메 냅께

뿌리가 단단히
엉켜 있고
아무리 뽑아 내려고 해도
뾰족뾰족 뽑 끌기가진
자근드미

새벽까지 장독대에 빼를 물가오려았드미
나들꼬가스십고 안놓드라고
사람 해오는 끊을수 없믄것이
영목이드미

그때는 나 속이 속이 아니었제.
시커멓게 타서 숯검뎅이가 다 됐그마.
시상에 이렇게 험하게 산 이야기를
이제 와서 하믄 뭐 한당가.
지금에야 말허지만
생각만 혀도 몸서리가 나고
진저리가 쳐진당께.

태생이 풀이니

나무는 노을을 가지리니

어쩔 수 이

부정이 느리게 밀려들때

분명하게 살아야 할 제

칠도

과거

현재

Scene No.3 바늘 끝이 갈지자로 꾸벅꾸벅 졸다가 손가락을 쑤시믄
실에 선홍색 물이 들고

바늘끝이 갈지자진

꾸벅 꾸벅 졸다가 ------

손가락을 쓸어 실에 선홍색 물이 들고

엄마는 산을 넘고 들과 밭을 지나 부평초처럼 떠다녔다.
무거운 보따리를 이고 발길이 닿는 곳으로 발을 움직였고,
어떤 날은 먼 마을에서 신신당부한 동동구루무(화장품)와 덧버선을 들고
몇 개의 산을 넘어 보따리를 풀곤 하셨다.

풀어버리고 싶었던 것이 어디 보따리뿐이었을까?
어린아이들의 보채는 울음소리와 젊은 남편의 굽은 등허리에 담긴
애타는 사연도 풀어버리고 싶었을 것이다.

큰 바위가 가로막아서도 여간해선 돌아가지 않았다.
그 바위를 기어이 밟고 올라가 재빠르게 종종걸음으로 산을 타고 떠돌았다.
집에 두고 온 수많은 혹들이 눈가에 울음 주머니를 출렁이면
뉘엿뉘엿 해가 지고 있었다.

산을 넘고 들과 밭을 지나 부평초처럼 떠 뿌평초 부평초처럼 떠 다녔다.

- 나가 이 집서 소가 되야제, 소가 되야제,
- 그라고 참고 참았당께

신랑은 일을 하믄 약값이 더 들어간께 집에다 모셔 놓고, 농사는 시동생 손에 맡기고 그때부터 돈을 벌러 다녔그마. 약값이며 수술비가 한두 푼 들어가야제. 그때는 오일장이 섰는디 첨에는 영 챙피스럽드라고. 그라도 눈 딱 감고 장날이 되믄 나가서 옷이랑 화장품을 띠어다가 이 동네 저 동네를 이고 댕기며 팔았는디, 그때는 누가 꼬박꼬박 돈으로 주지도 않았제. 깨나 콩, 보리 같은 곡식으로 셈을 치르는 게 다반사였응께. 글타고, 그런 것들 인상 구겨가며 마다할 수도 없었제. 고놈들을 다시 장에 이고 갖다 팔아서 돈도 맹글고 가끔 육괴기도 사고 물괴기도 사오곤 했제.

차가 없던 시절이어서 산을 넘어 댕기다가 퉁퉁 부은 다리를 끌고 해그름판이 되서나 집으로 돌아오믄 큰딸이 동생들을 다 씻기고 저녁밥을 해 놓고 동청 앞에 나와 있는 거여. 그것들을 보믄 거짓말 맹키로 시름이 싹 가서 불드라고.

큰딸은 살림 밑천이라드만 간네가 어찌나 찬찬헌지 그렇게 동생들 행색을 말끔하게 돌보드랑께. 그 큰 간네가 어려서부터 불쌍타가도 대견시러워서 맛난 거 있으믄 몰래 쥐여주기도 했는디, 고걸 또 지 입구녕으로 안 넣고 어린 동생들 챙기는 거 보면 '니가 어매다, 니가 어매여', 이쁘고 착한 것이 조선팔도 제일이었제.

구절초

언니 엄마 언제 와?

니가 안 물으먼 온당께

니가 물으니께 안 온당께

언니 엄마 언제 와?

무거운 걸 하도 이고 댕겨서

머리 나오는 구멍이 막혀분 것 같았는디

새끼들 생각하믄

머리에 꽃을 인 것 같았당께

구월이 되믄 유별나게 졸드마

까지색이었다가

복조음 허다가

허옇게 풍작이 드는디

머리 좀 빠지믄 어쩌간디

사는 것이 다 희어지는 것인디

물들고 빠져야 그게 사는 것이제

언니 엄마 먼저와
니가 안울민 온당께,

　입은 늘어가고 자식들 공부는 시키야겠고 등짝이 찢어질 듯 쑤시고 결려도 멈출 수가 없드라고. 낮에는 보따리를 이고 다니고 밤에는 재봉틀을 돌리고 삯바느질을 했는디, 바늘 끝이 갈지자로 꾸벅꾸벅 졸다가 손가락을 쑤시믄 실에 선홍색 물이 붉게 들고 그랬제. 장사를 하러 다니느라 밭일을 못 한께 동네 아짐들한테 밭일을 맺기고 대신 품삯으로 옷을 맹글어 바느질품앗이를 한 거제. 나가 손끝이 맵다고 영 좋아들 했그마.

　그렇게 농사를 이어가고 애기들 공부를 시키며 꾸역꾸역 살아나가는디 하도 힘이 든께 머리가 지근지근거리고 입안이 꺼칠꺼칠해지대. 사실 말이 나와서 허는 말인디, 엄청시리 독하게 참고 살았지만서도 나라고 신랑이 따박따박 벌어다 준 돈으로 살림이나 했음 좋겠다는 생각을 왜 안 해봤겠어. 그라도 그 순한 눈으로 천장만 보며 꿈뻑꿈뻑이는 거 보믄, 어쩌겠어? 나가 이 집서 소가 되야지, 소가 되야지, 그라고 참고 참았당께.

둥굴레

이고 지고 산을 넘어 댕기다가
신이 닳아져서 흙이 들어오믄
신세타령이 절로 나오드마

마디마디가 산인디
구름도 들르고 바람도 들른께
그 자리에 꽃이 펴서

둥글어지드마, 둥글둥글

하늘도 무심허기도 하제. 십 년을 쎄가 빠지도록 소처럼 일을 했는디, 신랑 약값이며 수술비로는 택도 없는 거여. 그랑께 논이며 밭을 시심 시심 팔아묵게 되드마. 이녁도 미안시러운지 신세 한탄을 험서 혀를 툭툭 차는디, 속이 상했다가도 그런 신랑을 보믄 또 여간 짠한 게 아니었제. 헐 수 있간, 툴툴 털고 또 인나는 수밖에.

한 번은 친정아버지가 오시더니 논문서가 들어 있는 봉투를 주시드마. 병원비에 보태라며 돌아서시는디, 당신 맴은 어쨌겄어. 금이야 옥이야 키운 둘째 딸이 하도 험하게 산께 속에서 천불이 나고 복장 터지는 게 당연한 거제. 그라고 아버지는 발길을 뚝 끊어 버리셨제.

그 맴 아는지라 친정 대소사가 있어도 지지리 궁상으로 사는 딸이 부끄러울까 봐 가지도 못허고 오지도 못허고 참말로 서럽게 많이도 울었그마. 그라도 아버지 맴이 그러겄어, 겉으론 싫은 내색혀도 속으론 을매나 보고 싶었겄어. 시방도 그때 생각만 하믄 가슴이 미어지고 찢어진당께

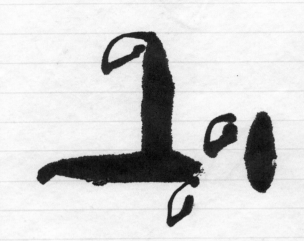

찔레꽃

하늘에 뜬 구름은
나가 뺏은 한숨이고
찔레는 서러움일 것이여

나 눈물에는 가시가 있었그마
태산을 넘으면 평지가 나올 거라고
다짐을 하고 또 했응께

가시가 많은 것이 어디 나뿐이거써
천지 삐깔이제

눈이 시리다가도
이슬 먹은 새순을 따다 새끼들을 멕이고
영실은 따다가 신랑을 고아줬그마

버릴 것이 하나도 없드라고
버릴 것이 도통 한 개도 없어서

슬픈 것들만 찌르고 또 찌르는 꽃

Scene No.4 새들은 낳자마자 둥지에서 애비한테 소리를 배운다는디

둥지

새들은
날자마자 둥에서
이별하는 소리를 아느니
들레

아버지도 사내는 사내셨다.
그 몸으로 줄줄이 여섯을 낳았으니 말이다.
아니지, 아버지는 씨만 뿌리고 낳은 것은 엄마의 몫이었지.
그래도 우리 아버지는 장하시다.
그 튼실한 씨를 엄마의 밭 위에 뿌려주셨으니 말이다.

그래서 우리 육 남매의 몸속에는 아버지의 혹이 여섯 개로 나뉘어 있다.
제각각 있으면 작은 씨앗에 불과하지만
어느 때고 합체를 하면 독수리 오형제보다 더 강력한
거대한 태양으로 이 세계를 거느린다.

엄마는 그 큰 혹을 어떻게 품었을까?
맵고, 짜고, 시고, 달고, 쓰고, 싱거운, 이 여섯 개의 혹을 키우기 위해
얼마나 많이 걷고 또 걸었을까?
나는 앞으로 얼마나 더 걷고 뛰고 날아야
엄마의 아름다운 주름 근처로 다가갈 수 있을까?

날마다
보고뛰고날아야
엄마의
아픈 주름
근처로
다시 날수 잇을끼~

- 가슴에 소금을 뿌린 것 같드라고

말이 쉽제. 근 이십 년을 보따리를 이고 댕겼응께,
고무신이 수십 켤레는 닳아졌을 것이여.
마침 신랑이 꼼꼼하고 공부는 많이 했응께,
시아부지가 큰집 일인 대한통운에서 서기 일을 하라드마.
그래서 나도 보따리장사를 그만두고 옆에서 역전식당을 하게 되았제.

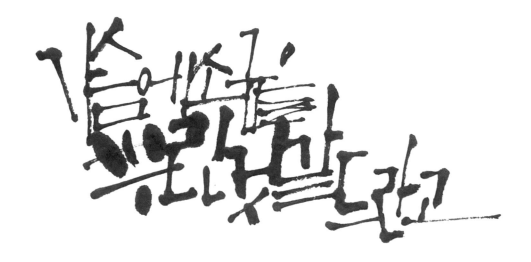

첨에는 과자를 팔다가 단팥죽도 팔고 대포도 팔고 돈이 되는 건 닥치는 대로 다 팔았그마. 그렇게 흘러서 화물차 짐 나르는 인부들 밥도 해주고 학교 선생들 하숙도 쳤제. 그러다 전깃줄에 앉은 새들을 보믄 고향 친구 삼아 이바구를 떨믄서 숨을 돌렸그마. 나가 애기 때 우리 집 마당에서 고무줄을 하고 있으믄 빨랫줄에 새들이 여럿이 와서 앉어 있고 그랬응께.

연탄불이 뻘겋게 타는 구멍을 보믄 나 심장 같애서 한참을 들여다보고 후~하고 불어주곤 했제. 그래도 산을 넘어 댕길 때보다는 나수 숨구멍이 트이드마.

매화

새들은 낳자마자 둥지에서
애비한테 소리를 배운다는디
이녁 몸은 맘대로 안 되어도
새끼들은 뽄새 있게 키웠제

다 죽어가다가도 영리하게 전디고
배가 고플 때는 매실을 생각하라고 함께
신맛은 입에 군침이 돈다고 웃어 쌓드마

비가 오다 해가 뜨믄
호랑이가 장가를 간다는디
그제야 사는 맛이 좀 나더라고

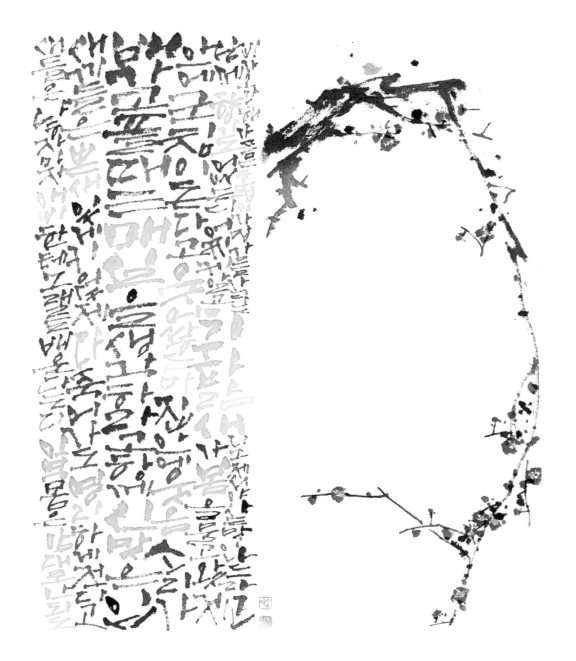

남자 구실을 못 할 거라고들 했는디 그 안에 애기들을 육 남매를 뒀그마. 그 당시만 혀도 육 남매는 보통이고 애기들이 아홉 명 열한 명인 집들도 많았제. 그래도 천만다행이여, 새끼들이라도 줄줄이 많았응께. 그 험한 세월을 그것들 커간 것 보믄서 전뎠제.

맏딸은 찬찬혀서 동생들 건사하겠다고 일찌감치 돈을 벌러 객지로 나가고, 그렇게 뗄라고 혀도 안 떨어지던 큰아들은 통 학교도 안 가고 말썽만 부리다가 군대를 가게 되았는디 군대를 가믄 사람이 된다드마 애기가 말뚝을 박는다는 거여. 참말로 그러더니 하사관으로 직업 군인이 되더니만 그렇게 의젓하게 효자 노릇을 하드마. 그래도 애기 때 재앙을 떤 것을 생각하믄 뱃속에 있을 때 나가 하도 시달리게 해서 목숨을 함부로 여긴 죗값인가 싶어 짠하고 아직도 미안하고 그러제.

가슴을 펴드라마 만들독 울었는 다드마 항소이되네 그럭이 으젖자라 효자되드마

하루는 둘째 딸이 학교를 가다 말고 엉엉 울고 온 거여. 왜 학교를 안 가고 왔냐고 혼벼락을 냈드마, 옆 동네 머시마들이 아버지가 꼽추라고 병신 딸이라고 손가락질을 하고 놀린다는 거여. 어찌나 속에 천불이 나든지 작은아들을 앞장세우고 그 집으로 쫓아가 사정없이 소리를 지르고 퍼부었그마.

지금 생각하믄 왜 그렇게 우악시럽게 내질렀나 몰라. 그 사람들 눈에는 그렇게 보였을 것인디, 애기가 놀림을 받고 우는디 가슴에 소금을 뿌린 것 같드라고. 맥없이 새끼들한테 먼 일만 생기믄 신랑한테 분풀이를 했그마. 문딩이 같은 팔자라고.

아무리 몸이 힘들어도 눈물을 안 흘렸는디 새끼들 일에는 그렇게 눈물이 나드마. 셋째 딸이 시험을 보러 가는 날인디 장사하느라 따라갈 수가 있어야제. 그래서 동네 아짐들한테 애만 딸려 보냈는디 자꾸 뒤돌아보고 손을 흔들고 가던 낯이 어른거리고 아른거려서 눈물을 훔침서 애꿎은 설거지통에다 대고 연방 화풀이를 하고 그랬제. 근디 시상에 다른 집 애기들은 다 떨어졌는디 내 새끼만 덜컥 붙은 거여. 오메 무슨 이런 복이 있당가 싶어서 좋아 죽겠드라고. 그것이 어찌나 의정스러운지 나머지 잔일을 다 도움서도 신바람이 나서 설거지통 앞에서 노래를 부르드마.

아들이 둘이고 딸이 넷인디 큰딸 큰아들이 객지로 나간께 작은아들이 기둥이 되드마. 그것이 어찌나 공부도 잘하고 차분헌지 누가 함부로 건들지를 못하드라고. 든든했제, 바람막이 맹키로. 속이 꽉 차갔고 옆에만 있어도 의지가 되던 둘째 아들도 떡 하니 학교를 붙어 놓고 장교로 군대를 가불었제.

어느 해 가을인가 그랬을 거여. 째깐할 때부터 학예회니 뭐니 단골로 뽑히던 막둥이가 여고에서 예술제를 한다고 무용복을 해달라는 거여. 신랑은 우리 형편에 무슨 무용이냐고 귀신 씻나락 까묵는 소리 하지 말라고 벼락같이 소리를 친께, 막둥이는 울고불고 밥도 안 묵고 참말로 속상해 죽겠드라고. 하도 애기가 울어싼께 저자에 나온 꼬막장사 할무니가 돈을 보태주고 지그 오빠한테 뭐라고 편지를 썼는지 군대 간 작은아들이 친구 편에 돈을 보내 왔드마. 합해서 삼만 원을 맹글어서 겨우 무용복을 해 입혔제 그때 당시에는 삼만 원이믄 제법 큰 돈이여.

　공연을 하는 날 가서 본께 오메 저것이 내 새끼가 맞당가 싶드마. 우리 막둥이가 주인 공을 하는디 생글생글 춤추는 모습이 참말로 천사 같드라고. 옆에 아짐들이 손가락질을 하믄서 저 가운데 간네가 젤로 잘한다고 칭찬을 하는디, 저 애기가 내 딸이라고 자랑을 하고는 또 주책없이 훌쩍훌쩍 했그마. 좋아도 눈물이 나대. 그려, 서러울 때만 눈물이 나오는 게 아니었그마.

좋아서 흘린 눈물은 하나도 안 쓰고
참말로 달짝지근하드마.

수국

천사가 따로 없제
어찌케 내 속에서 저런 새끼가 나왔으까
부모가 질로 아플 때는
자식이 하고 싶은 걸 못 해줄 땐디
풀이 죽어 시들시들하다가도
한번 보듬아 주믄
새살 좋게 금방 풀어진께
변덕도 이쁘기만 하제

저것들을 보믄 우스와 죽겄어
변덕이 열두 번도 더 하당께
니 웃 내 웃 허천시리 싸우다가도
누가 뭐라 글믄 행제 간이라고 똘똘 뭉치제
여름에는 애기들이 빨리 큰께
옷을 물려 입혔그마
내리내리 내려가믄 팔꿈치가 닳았제

흙이 좋아야
새끼들 모닥 빛깔 좋게 해줄 것인디
씨가 좋아야
새끼들 모닥 주렁주렁 매달린 것인디

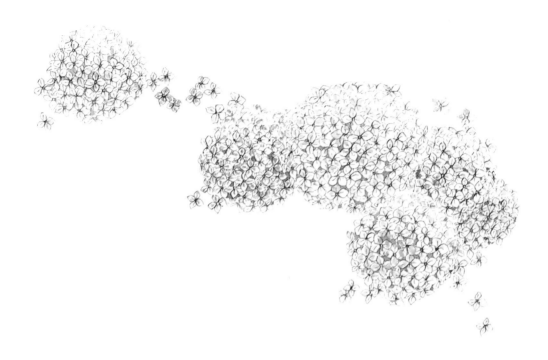

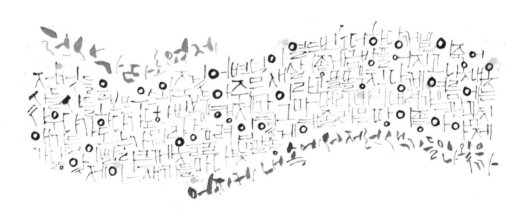

Scene No.5 인생도 자꾸 움직여야제 가만히 두면
습기가 차고 병이 나고 그라제

벼이나고 그라제 넘마 꽃中

가마디는 습이 차고 제고

기마니 드는 ㅅ슥여야제

이뱅도 지꾿 훅직여야

돋는 맴도 꼬들을 꾀해야제

모든 생명은 움직이지 않으면 딱딱해지고 말라간다.
혈류를 따라 피가 돌지 않으면 살갗은 점점 썩어들게 마련이다.
그래서 사람들은 자꾸만 떠나가는 것이다.
엄마가 젊은 시절 매일같이 산을 넘고 옆 마을로 떠났던 것은
차마 그 자리에서 썩기만을 기다릴 수 없었기 때문일 것이다.

그렇게 매일같이 떠났지만 엄마는 어김없이 다시 집으로 돌아오셨다.
작은 방에서 당신의 몸도 추스르지 못하는 아버지를 두고
영영 떠날 수가 없었기 때문일 것이다.
아버지는 뒤집어 주어야만 하는 사람이었다.
스스로의 힘으로는 제 한 몸조차 호떡처럼 뒤집을 수 없는 사람이었다.
작은 혹이 자라 결국 몸 전체가 혹이 된 사나이, 그의 이름은 '우리 아버지'다.

그런 아버지를 엄마는 일평생 뒤집고 또 뒤집으셨다.
자신의 팔자가 이제는 활짝 피리란 생각을 잠시 했겠지만,
그 누구도 아버지의 목숨을 뒤집을 수는 없었을 것이다.
그것이 운명이라면 기꺼이 받아들이는 것이
뒤집는 자의 아름다운 숙명임을 알았을 것이다.

- 욕창을 닦던 몇 년이 지나고 손에는 주름꽃이 피고

막둥이가 여고 삼학년 됐을 때였제. 기차가 시간 맞춰 온 것 맹키로 잠잠하다가 또 재발을 하드마. 척추를 철사로 꽁꽁 묶어 놨다드마 그것이 삭아서 풀어져 버린것이었제. 마침 의사가 이 양반 고등학교 동창이드라고. 어찌케 자네가 이렇게 되었냐고 손을 잡고 혀를 차믄서 안타까워 하드마. 근디 대수술이라 수술 중에 죽을 수도 있다고 죽어도 괜찮다는 도장을 찍으라는 거여. 죽고 사는 것을 결정하기가 어디 쉽간디. 그래도 이 양반이 하고 싶다고 헌께 죽은 사람 소원도 들어 준다는 말 따라 죽을 거 다 각오하고 모질게 도장을 찍어 부렀제.

천만다행으로 수술은 잘 되았는디 근디 꼼짝도 않고 누워만 있응께 욕창이 들어서는 자꾸만 살이 썩어가드마. 하루에 두세 번은 간호사하고 그 무거운 몸딍이를 보릿단 뒤집듯이 뒤집고 또 뒤집고 그랬그마. 머든지 습기가 많으믄 못 쓰제. 몸도 맴도 꼬들꼬들 해야제. 사는 것은 자꾸 움직여야 제구실을 하는 뱁잉께. 가만히 두믄 습기가 차고 병이 나고 종장엔 살덜 못하는 것이제.

설날이 되믄 새끼들이 병원으로 찾아 왔그마. 애미 맘이 그런 거여서 몰래 병원 계단에서 가스버너에 떡국을 끓여 멕였그마. 그라믄 구석에서 하얗게 김꽃이 피믄서 냄새가 사통팔달 진동을 하는 거여. 간호사들이 지나다가 계단을 들여다보믄 야단 맞을까 봐 속이 뜨끔했제. 근디 하도 병원에 오래 있다 봉께 모른 척 눈 감아 주드라고. 새끼들이 엄마 힘들다고 어깨를 주무르믄 하도 오래 쪼그리고 자서 그런지 손만 대도 살이 쑤시고 욱신거려서 질색을 허고 손사래를 쳤그마. 그렇게 오랜 시간을 병원 신세를 졌제.

욕창을 닦던 몇 년이 지나고 손에는 주름 꽃이 피고

병원에서는 할아버지가 산 것은 기적이라드마.

할머니 정성 때문이라고 치하를 하는디

새색시로 시집와서 정신없이 살다 봉께

어느새 할미꽃이 되아서 수많은 세월을 건너뛰어 있드라고.

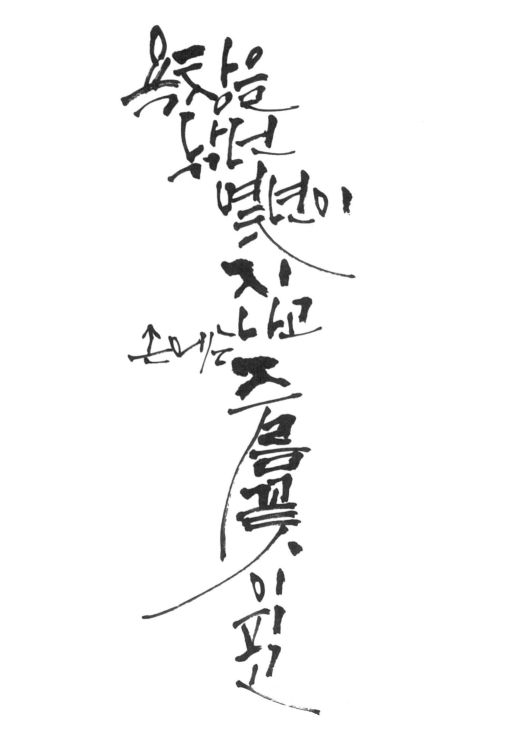

옥수수잎에
불던바람이
몇날이
지나고
손마디숯지늘꽃이피지

할미꽃

고개를 숙인다고 빛을 못 본 건 아니여
좋은 일은 나쁜 일하고 같이 오고
나쁜 일도 좋은 일하고 같이 온께

족두리를 쓴 날이 엊그제 같은디
히끗히끗 파뿌리 같은 세월을 쓰고 있응께
벌은 죄다 도망가고 상을 다 주드마

여직까지 땅만 보고 살았는디
죽어서도 꽃으로 피면 참 좋겄어, 당신 옆에서
찬바람이 쌩하니 불고
비가 콕콕 어깻죽지 쑤셔대도

뻐꾸기 노래도 듣고
시냇물 소리도 들어서

어화둥둥, 이바구 해줄라마
쭈글쭈글한 노랫가락 들려줄라마

부모가 힘이 없어진께 새끼들이 단단해지드마. 즈그들이 다 알아서 공부를 허고 알아서 취직도 허고, 무용복을 안 해준다고 그렇게 울고불고하던 막둥이가 방송국을 들어갔다고 기별이 왔는디 오메, 몸이 솜처럼 가벼워져 가꼬 붕붕 뜬디 실성한 사람 맹키로 실실 웃고 댕겼당께.

또 그렇게 묵직허고 차분혔던 작은아들도 방송국을 들어가서 사람들이 자식 복 있다고 부럽다 그래싼께 사는 것이 참말로 재미지대. 즈그 오빠랑 막둥이가 니가 선배니 내가 선배니 방송국 선후배 타령하는 걸 보믄 나가 말년에 뭔 복인가 싶고, 밥을 안 묵어도 배가 불르드라고.

벚꽃

이것이 먼 북이당가, 봄이당가
봄 햇살을 몽땅 끌어다가
새끼들이 천국을 보여 주는디
하늘이 얕아서 띌 수가 없드마
사쿠라가 활짝 펴서 흩날리는디
분홍 치마저고리에 한가득이드만

마음이 먼저 와닿나
이 봄에 봄을 봄 따름일러라
내 가슴이 천국을 보며주노니
하늘이 맑아져 볼 수가 없더라

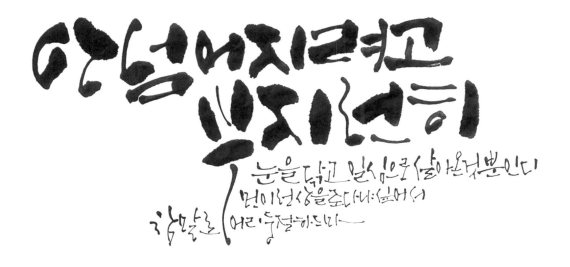

안넘어지려고 뿌지런히

눈을 닦고 일심으로 살아온것뿐인디
먼 이런상을 준다냐싶어서
참말로 어리둥절하드마—

그러다 퇴원을 하고 집에 온께, 먼 친척 아제가 기별을 들고 왔드마. 일평생 아픈 신랑 섬기고 육 남매 잘 키웠다고 문중에서 열녀상을 준다는 거여. 사십 년 세월이 어찌케 지나간지도 모르고 눈앞이 침침해서 안 넘어질라고 부지런히 눈물 닦고 일심으로 살아온 것 뿐인디, 먼 이런 상을 준다냐 싶어서 어리둥절 하드마. 다들 회사를 댕기고 객지에 나가 있응께 셋째 딸을 데리고 상을 받으러 대구까지 갔그마.

　어찌나 사람들이 많은지 가슴이 벌렁대 죽겄드라고. 나가 이날 입때껏 먼 상을 받아본 적이 있어야제. 사시나무 맹키로 벌벌 떨다가 상을 받고 무대에서 내려오는디 딸내미가 '엄마' 글믄서 손을 내민께 참고 지내 온 시간들이 단번에 일어나 쏟아지드라고. 그야말로 펑펑 쏟아지는 거여.

　상을 받고 집에 온께 영감도 염치는 있는지 지긋이 웃으면서 "안 떨었는가?" 그르드마. 얄궂어서 꿀밤이라도 한 방 멕일까 싶다가도 어디 때릴 때가 있어야제. 마음씨는 참말로 조선 팔도에 없어. 그렇게나 맘씨가 좋아, 복이 없어서 그라제. 아니제, 나 만나서 입때껏 오래오래 사는 거 보믄 시상 천지에 이만크롬 복 많은 사람 찾기도 어렵제. 암 그렇제.

해바라기

별거 있간디
자식새끼 잘 되믄
그것이 소원이제
따땃한 느그들
맑고 밝은 뱉이 좋았당께
그래서 늘 해바라기 했제

버팀이 있건만
자유제게
잘된말
그녀이 소원이제

몇 번을 수술을 하고 몇 년을 누워 있다가 구사일생으로 살아온 양반한테 문중에서 족보를 쓰라드마. 한문은 모르는 글자가 없을 정도로 많이 알았응께. 그때는 아주 자랑스럽드라고. 일평생 아파서 꿈 한번 제대로 못 펴본 양반이 이렇게라도 새끼들한티 자랑스러운 아부지가 된께 참말로 좋드라고.

즈그들이 태어나기 전부터 아픈 아부지라서 일도 못하고 평생 엄마 고생만 시키는 모습만 봤을 것인디 한문으로 쓱싹쓱싹 족보를 쓴께 아부지 한문 많이 안다고 들여다보고는 좋아들 하는디 새끼들 보기에 얼마나 당당하고 좋든지. 그렇게 모진 시간들을 전디고 부모 없다는 소리 안 듣고 육 남매를 번듯하게 시집 장가를 보냈그마.

가슴이 먹먹한 게 쪼까 있그마. 둘째 딸이 혼인을 할 땐디 수술을 하믄 죽을 수도 있다고 한께 아부지 살아 있을 때 식을 올릴라고 서둘러 날을 잡았제. 근디 아픈 것이 점점 심해져가꼬 나가 병원에 꼼짝없이 붙잡혀서 애기 시집가는디 이불 하나를 못 봐주고 그릇 하나를 못 챙겨줬당께. 식장에 가서도 엉덩이만 살짝 붙이고 바로 왔응께. 하필 수술 날이 혼사 다음 날로 잡혀갖고 죽을 수도 있다긍께, 겁이 났는지, 식장에 못 가보는 것이 맴에 걸렸는지, "언릉 댕겨오소" 그러드마.

즈그 아부지는 병원에 누워있고 큰아부지 손을 잡고 애기가 식장을 들어오는디 가슴이 탁 맥히드라고. 애기도 즈그 아부지도 심정이 오죽 했겄어. 이것이 나한티는 참말로 애린 손가락이그마. 행제 중에서도 중간에 딱 껴갖고 오빠한테 양보하고 동생들한티 양보하고, 그래도 투정 한번 안 하고 무던허게 다 이해해 주드마.

전답은 다 팔아서 병원비로 쓰고 손에 쥔 것이 한 개도 없응께 즈그들이 벌어서 시집, 장가를 가고 꺼꾸로 부모 손에 용돈을 쥐여주고 가드마. 나가 참 자식 복은 있제. 글고, 서방 복도 참 많제.

일평생 지지리 고상만 시켰어도
오래오래 살아줬응께.
오래오래 곁에 붙어 있어서
날로 입때껏 살아가게 해줬응께.

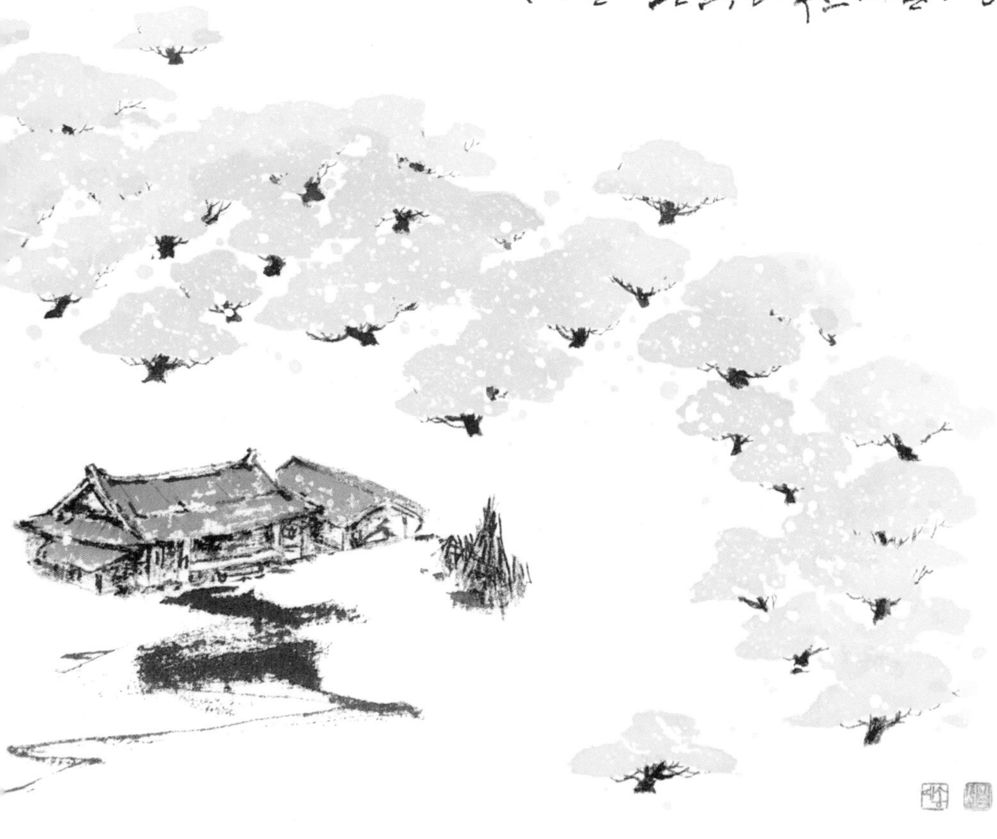

복사꽃

탁! 일어나서 툴툴 털어 부러

살다 보믄 넘어질 때도 있제
그것들이 언덕이 되야서
뿌리도 내리고 꽃도 피우고 열매도 맺응께
빛깔 좋게 익어
단물 뚝뚝 흐르게 익어

하늘이 내려 준 씨앗들이
보고 잡을 때는 뒷동산을 보라 했제

잔뜩 펴서 웃고 있을 거라고
기적의 꽃송이들이 활짝 필 거라고

Scene No.6 굽히고 몸을 굽히고 산 것이 하도 짠해서
화장을 못하굿드라고

사람들은 결국 돌아간다.
아버지의 평탄치 않았던 삶도 결국 세월을 이기지 못하고 하늘로 돌아가게 되었다.
화장해 달라는 아버지의 유언은 끝내 지켜지지 않고 땅속에 묻히게 되었다.
어쩌면 아버지는 자신의 한 많았던 육신이 뼛가루가 되어
잘게 부서져 고운 입자가 되길 바랐을 수도 있다.

하지만 엄마는 청개구리처럼 아버지의 마지막 말씀을 따르지 않았다.
일평생 그를 위해 헌신을 한 엄마는 마지막이 되어서야
자신의 생각을 고집했고 따랐다.
어쩌면 엄마는 아버지의 육신을 끝내 내려놓을 수가 없었던 것일까?
불태우고 절구로 빻아 항아리에 담는 것이 아닌 썩어서 문드러지더라도
그 기간만큼이라도 아버지를 추억하고 애도하고 싶었던 것은 아닐까?

흙 속에서 아버지의 혹도 짓물러져 이 땅과 하나가 된다면
비로소 긴 잠을 자게 될 것이다.
그리하여, 오랜 시간 천장을 바라보며 한숨을 짓던 그 세월 속으로
이따금 들어가 온화하게 웃을 것이다.
따뜻한 꿈들이 떠다니는 그곳이 바로 천국이므로.

- 평생 굽히고 산 것이 하도 짠해서
- 화장을 못 하굿드라고

아무리 수발을 잘해도 보내야 할 때는 오드마. 아픈 몸으로 오래 살긴 살았제. 다들 서른을 못 넘기고 갈 거라고 했는디, 팔십이 가까워질 때까정 세상을 봤응께. 여러 차례 수술을 해서인지 걷지를 못하는 신랑을 휠체어에 태우고 매일 산책도 하고 십 원짜리 화투도 쳐주고 그렇게 지내다가 그 양반을 보내게 되았는디, 본인이 죽으면 화장을 해서 납골당에 넣으라고 당부를 하드마.

근디 신랑 말을 생전 처음으로 어겨 불었제. 평생 몸을 굽히고 산 것이 하도 짠해서 화장을 못 하굿드라고. 무덤에서라도 편히 쉬라고 반듯이 눕혀 보냈응께. 이제 나 죽으면 같이 해야굿제. 암, 죽으나 사나 함께 혀야제. 이승이든 어쩌고 저승이면 어쩐가. 같이 부대끼는 그곳이 천당이고 천국이제.

이 양반이 나를 살아서도 울리고 죽어서도 울리드마. 산에다 묻고 와서 짐을 정리하는디 족보 안에서 두 장의 유서가 나오드라고. 한 장은 자식들한티 엄마가 가고 싶다는 곳은 다 데리고 다니고 하고 싶다는 것도 대신 다 해주라고 엄마 잘 부탁한다고 써 있고, 또 한 장은 나한티 자네 덕에 잘 있다 간다고 고생만 시켜서 미안하다고 잘 있다 오라드마….

상사화

평생 자네 덕에 잘 있다 가네
나를 잘 돌봐줘서 고마웠네
하나님께 부탁허고 간께 잘 있다 오소

오메, 어젯밤 꿈이 참말인갑네
목을 쏙 빼고 기다린디
어째 콧빼기도 안 보이까

가고 오는 것이 인생이라지만
이렇게 속을 깎아내린당가

죽은 사람이 불쌍하제. 그래도 나가 살아 있을 때 죽어서 다행이구먼, 다행이여. 나가 먼저 갔으믄 이 양반을 애기들한테 맡겨야 할 것인디.

그래도 고마운 사람이여. 이렇게 귀한 자식들을 여섯이나 주고 갔응께. 딸들은 즈그 아부지 말을 따르는 건지 나를 사방팔방으로 데리고 다니믄서 천지 것을 다 구경시켜주고 별놈의 것을 다 먹여주고 다 입혀 주는디 할매들이 부러와 죽을라 그런당께.

나는 죽기 싫그마. 새끼들이 말도 못허게 잘헌디, 손주들도 나를 문대 쌓고 어찌나 살갑게 구는지 아까와서 이것들을 두고 어찌케 가긋어. 그렇게 떼려고 했던 큰아들은 하루도 안 빠지고 "벌개떡 잘 있는가?" 금시로 아침마다 장난끼 있게 전화를 허고 듬직한 작은아들은 그때나 지금이나 딱 옆에 있음시로 새복마다 와서 머리에 연고를 발라주고 간당께.

Scene No.7 나한테는 느그들이 꽃이제

엄마의 얼굴에 불그스름한 노을이 지나가고
모근에 기대고 있는 가느다란 머리칼이 바람에 들썩였다.
엄마의 얼굴이 세상의 그 어떤 꽃보다도 아름다웠다.

엄마꽃

엄마 무슨 꽃 좋아해?

꽃이 뭐다냐?

자식새끼 키우느라 꽃을 본 적이 있간디

그래도 생각해 봐

생각이 안 난당께

나한티는 느그들이 꽃이제

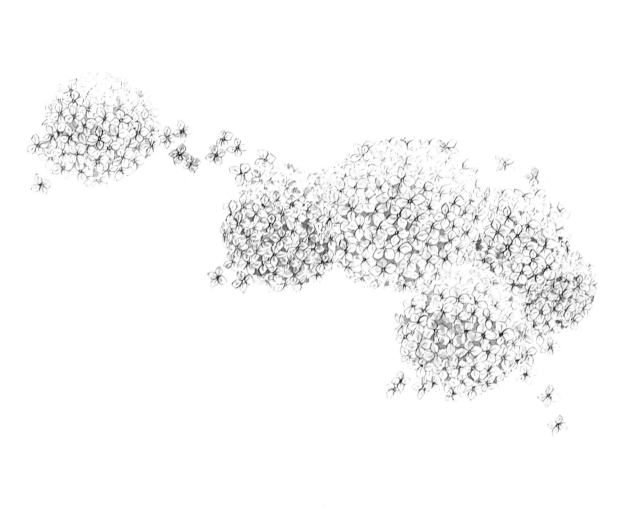

아버지와 엄마, 그리고 우리 육 남매는 한 몸을 가진 한 그루의 나무였다.
뿌리가 흔들거려 나무가 기울기도 했고
곁가지들이 서로의 빛을 향해 제멋대로 자라기도 했지만
늘 각자의 자리에서 필요한 양분을 섭취하며 나무의 나이테를 키워 나갔다.

태어나자마자 뒤틀린 옹이나무에서 입을 틔운
우리는 딱딱한 것들 속에서 말랑말랑하게 세상을 살아야 했던
엄마의 따뜻한 그늘이 있었기에 꽃을 피우고 열매를 맺을 수 있었다.
그렇기에, 엄마는 우리에게 흙이고 물이고 볕이었다.

그러나 우리는 알면서도 잘 모른다.
아버지가 키운 단단한 옹이 속에서 거대한 혹이 자랐고
그 혹이야말로 세상에서 가장 크고 단 열매였다는 것을.
그 열매를 키우기 위해, 지키기 위해, 우리는 모두 작은 바람이 되었다는 것을.

바람이 불어 나뭇가지가 흔들리고 우리는 씨앗을 흩날리게 되었다.
비로소 숲이 되고 있었다.

Epilogue

엄마꽃

연일 뉴스에서는 고립되어 가는 우리를 인식하게 한다
코비드-19, 처음에는 몸을 걱정하게 하더니 이제는 생활까지 위협을 한다
아프지 않은 곳이 없다

출장, 연습이 취소되고 며칠을 집에서 칩거하니 무기력감이 생긴다
엄마도 그럴 것 같아 기분전환 하시라고 전화를 걸어 뜬금없는 질문을 해 본다

엄마 무슨 꽃 좋아해?
꽃이 머다냐
.
.
나한테는 느그들이 꽃이제

그렇다
꽃보다 아름다운 꽃

엄마 말씀을 써서 창문에 붙여본다
햇살이 마음을 받아준다
꽃의 말로
오늘은 누구에게라도 꽃이 되어보자.

2020.03.03

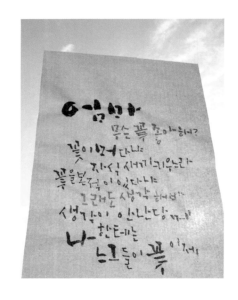

자다가도 떡 얻어먹는 일

괜찮다고 하는데,
싫다고 싫다고 하는데,
비닐에 싸고 신문지에 싸서
한사코 쑤셔 넣으시는 것이다

와서 보니
참깨 볶은 것
참기름 짠 것
옥수수 볶은 것…

옥수수 알갱이를 한 움큼 넣어 차를 끓이고
오늘을 어떻게 보낼까를 생각하는데
엄마가 오셔서 웃으신다.

'옥수수 차 맛있제?'
'엄마 말 들으면 자다가도 떡 얻어먹는다 이~'

구수한 옥수수 차를 마시다 엄마 생각이 나서 전화를 든다.

20.02.13

푸자이라에서 듣는 엄마의 노래

어둠을 덮고 있는 시간,
돌산 일색인 푸자이라에서 엄마 노래를 듣는다

'아가 밥 먹었냐?'
'응, 엄마 여긴 새벽이야…'
'그래~그믄 얼릉 더 자그라… 뚝'

일찌감치 오늘을 깨우는 엄마,
코란보다도 앞서네
마침 잘 되었다

어제는 서브 공연을 마쳤고 오늘은 메인 공연을 앞두고 있는 날
이것저것 챙겨보고 4월에 있을 스위스 남북합동 공연 밑그림을 그려야겠다
큰 프로젝트다 보니 여간 신경 쓰이는 게 아니다 혼에 불을 놓아야 할…

해 질 녘이면 동네가 떠나가게 'ㅇㅇ야 밥 먹어라~'고 엄마들 합창을 하셨지
옛 추억을 떠올리며 푸자이라의 새벽을 맞는다.

2019.02.02

아가

밥은 잘 챙겨 묵고 있제
어매 품에 있으믄
굴비 굽고 열무 담아
속 단단히 채워줄 건디

- 엄마가 부르는 노래

금보다 귀한

매일 전화를 해서 노래를 부르시더니
배추 깍두기 열무 갓김치 소불 고구마…
가득 담아 보내셨다

세상에서 제일 맛있는 엄마의 맛,
아직은 정정하셔서 주섬주섬 김치를 담아 보내시지만
91세인 엄마 얼마나 더 그러실 수 있을까

한 가닥 한 가닥이 아까워서 먹을 수가 없다
다른 것 같았으면 친구에게 나눠도 줄 텐데
엄마의 수고가 눈에 선해 나눌 수가 없다

기분이 왜 이렇게 이상할까
평소의 맛이 아니다

어떡하라고, 나중에 어떡하라고,
올해가 마지막이면 어쩌나 겁도 나는데
허리도 아프고 무릎도 아픈 것이 전화 목소리에서 다 보이는데…

엄마의 수고
아까워서 못 먹겠다.

2019.05.11

보고 또 보고

주변 분들이 돌아가시니 기운이 없어 보여서
엄마께 사탕을 드렸다

햇살에 비친 먹색이 얼마나 편안한지
매일 아침 좋은 맘 채우라고

광목에 주기도문을 쓴 커튼,
로마 출장 때 교황님께 받은 묵주,
교황님과 대통령님과 평양사람들…
출장을 다니며 찍은 사진들,

보고 또 보고 만지고 또 만지고
이것들 사탕 역할을 톡톡히 하는지
엄마 기분이 좋아지셨다

엄마에게 사탕은 자식들의 관심일 건데,
늘 놓친다 이런저런 핑계로.

2018.07.14

서미숙 SEO MI SOOK

아호: 예송

캘리그라퍼
캘리에세이 작가
무궁화 서화대전 초대작가 및 심사위원
세계태권도연맹 시범단 연출감독

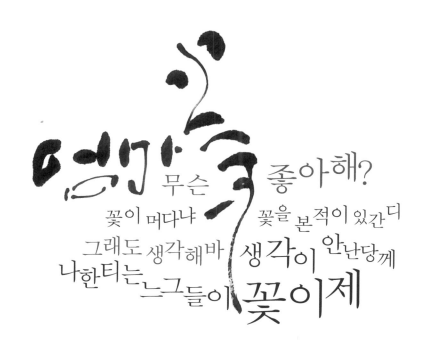

무슨 좋아해?
꽃이 머다냐 꽃을 본 적이 있간디
그래도 생각해바 생각이 안난당께
나한티는 느그들이 꽃이제

- 수상, 전시내역

전시경력

2020 무궁화 서화대전 초대작가전 (인사동 아카데미 갤러리)

2020 올해의 작가 100인 초대전 (인사동 한국미술관)

2019 '예藝이음' 독거노인돕기 자선 전시회 (극동방송갤러리)

2019 서미숙 캘리그라피 개인전 〈心. 물들다〉 (극동방송갤러리)

2019 에너지의 날 기획 초대전, 캘리에세이 〈물의 노래〉 (청주국제
에코콤플렉스)

2019 이탈리아 로마 신년 초대전 (ISTITUTO CULTU RALE
COREANA DI ROMA)

2019 올해의 작가 100인 초대전 (대한미협, 갤러리 예술공간)

2018 캘리에세이 개인전 〈시간여행〉 (갤러리 '마을')

2018 '예藝이음' 독거노인돕기 자선 전시회 〈길을 찾아서〉 (극동방
송갤러리)

2016, 2017, 2018, 2019 글향 회원전 외 다수

수상경력

제23회 서울서예대전 캘리그라피 특선 (인사동 한국미술관)

제10회 대한민국 남북통일 세계 환경 예술대전 캘리그라피 금상
(의정부 문화예술회관)

제21회 22회 월간서예대전 캘리그라피 특선 (강북 문화회관 전
시실)

제30회 31회 인천광역시서예대전 캘리그라피 특선 (인천문화회
관 전시실)

제05회 대한민국 단군서예대전 캘리그라피 특선 (강화 미술관)

무궁화 서화대전 캘리그라피 우수상, 초대작가상 (세종문화회관 미
술관)

그 외 캘리그라피, 우드버닝 특선, 입선 다수

- 태권도 시범 공연 연출

2020 인도–한국 태권도 문화축제/ 인도 콜카타

2019 이탈리아 〈갓 탤런트〉 방송

2019 이탈리아 7개 도시 투어

2019 영국 맨체스터 세계 태권도 대회

2019 UN 본부 초청 남북 합동 공연/ 스위스 제네바

2019 IOC(국제올림픽위원회) 초청 올림픽 박물관 남북 합동 공연/
스위스 로잔

2019 ITF(북한 태권도 시범단) 본부 초청 남북 합동 공연/ 오스트
리아

2015~20 푸자이라 오픈 세계대회/ 아랍에미리트

2017~19 세계 그랜드 슬램/ 중국 우시

2018 남북 태권도 합동 공연/ 평양

2018 로마 교황청 초청 공연/ 바티칸시국

2018 평창 동계 올림픽 개막식 남북 태권도 합동 공연/ 평창

2017 무주 세계 태권도 선수권대회/ 무주

2016 리우데자네이루 하계 올림픽/ 브라질 리우데자네이루

2015 첼랴빈스크 세계 태권도 선수권대회/ 러시아 첼랴빈스크

두바이, 샤르자, 말레이시아, 미국, 일본,

중국 호남성 시안 청두 항저우…

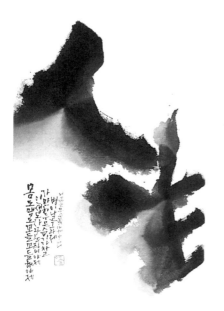